银发川柳

日本公益社团法人全国养老院协会 著
〔日〕古谷充子 绘
赵婧怡 译

头发这么少
去个理发店
还不给打折

人民文学出版社
PEOPLE'S LITERATURE PUBLISHING HOUSE

著作权合同登记号 图字01-2021-2637

图书在版编目(CIP)数据

头发这么少 去个理发店 还不给打折 / 日本公益社团法人全国养老院协会著 ; (日) 古谷充子绘 ; 赵婧怡译. -- 北京 : 人民文学出版社, 2022
(银发川柳)
ISBN 978-7-02-016094-5

Ⅰ. ①头… Ⅱ. ①日… ②古… ③赵… Ⅲ. ①诗集—日本—现代 Ⅳ. ①I313.25

中国版本图书馆CIP数据核字(2021)第254534号

责任编辑 卜艳冰 王皎娇 何王慧
装帧设计 李苗苗

出版发行 人民文学出版社
社 址 北京市朝内大街166号
邮政编码 100705

印 制 山东新华印务有限公司
经 销 全国新华书店等

字 数 74千字
开 本 787毫米×1092毫米 1/32
印 张 3.875
版 次 2022年3月北京第1版
印 次 2022年3月第1次印刷

书 号 978-7-02-016094-5
定 价 36.00元

如有印装质量问题,请与本社图书销售中心调换。电话:010-65233595

银发川柳 1

Silver 在日制英语中指代“老年人”。这是因为老年人的头发多为银白（silver）色，因而产生了相关的语意联想。该词来源于日本火车上的“silver seat（老人专座）”一词。老年人阅历丰富，积累了很多人生经验，然而随着年龄的增长，身体机能衰退，也有不少烦恼。与“silver”相关的用语还有“silver age（老年世代）”。

I

好想去天堂
如果可以
当天来回

斋千代子・女性・宫城县・71岁・无业

LED灯[注]寿命长
它还没用坏
我先再见了

注：利用发光二极管制作的灯

佐佐木义雄·男性·京都府·78岁·无业

纸和笔
还没找到
要写的东西先忘了

山本隆庄・男性・千叶县・73岁・无业

哪怕再难吃
老婆煮的饭
也是香的

海老原顺子·女性·茨城县·57岁·主妇

医院等了三小时
才知道得的病是
年纪大了

大原志津子·女性·新潟县·65岁·无业

刷了卡却进不了站
仔细一看
手里拿的是挂号卡

津田博子・女性・千叶县・46岁・主妇

三世同堂住的大房子
买好了
儿子还是没老婆

泷上正雄·男性·神奈川县·64岁·公司职员

自称参加女生聚会
其实是
偷偷去做医疗保健

中原政人·男性·千叶县·74岁·无业

早上起了床
不知做什么
眨眼又到睡觉时

吉村明宏・男性・埼玉县・73岁・无业

街上摔了跤
回头看一眼
地上什么也没有

山田彻·男性·群马县·44岁·公司职员

老早就醒了
躺在床上想
闹钟怎么还不响

山田宏昌・男性・神奈川县・71岁・经营咨询从业者

写作『我活够了』

实际上

读作『我要看医生』

卖市高光 · 男性 · 宫城县 · 70岁 · 无业

我家老伴很时髦
人送外号
Lady Papa注

葵春树·男性·千叶县·31岁·无业

注：美国歌手Lady Gaga的戏仿

年纪大到
已经吃不下
节分[注]的豆子了

乘鞍澄子·女性·兵库县·88岁

注：节分特指立春的前一天。日本人会在节分当天吃与自己年龄相应数目的豆子

爷爷　爷爷
天堂的土特产
哪里有卖的啊

角森玲子・女性・岛根县・44岁・个体户

养老金怎么花
买点好吃好喝的
给家里的猫狗吧

藤木久光 · 男性 · 福冈县 · 68岁 · 无业

智能手机和我一样
老伴的一根手指
就能使唤得动

高桥多美子·女性·北海道·51岁·兼职工作者

忘了东西回去取
必须嘴里念叨着
才能记得要取啥

角佐智惠·女性·福冈县·77岁·无业

去拍遗照
结果被嫌弃
笑过头了

神谷泉·女性·爱知县·50岁·兼职工作者

别老问我
洗澡水温度怎么样
早就说了我没事

男性·岐阜县

II

生日起身吹蜡烛
突然眼前一黑
原来犯了低血压

今津茂·男性·大阪府·63岁·公司职员

看看计步器
一半步数都是
在找东西

工藤光司・男性・大阪府・68岁・无业

出门遛狗
狗狗时不时回头看看
似乎在担心我

森内奈穗子・女性・北海道・44岁・兼职打工者

卡片太多
记不住密码
只能写在卡背面

石田留美子・女性・兵库县・59岁・地方公务员

头发这么少
去个理发店
还不给打折

林善邻·男性·东京都·66岁·个体户

第一次给别人讲
我和老伴的恋爱故事
是在她的守灵夜

中松千寻·女性·鹿儿岛县·25岁·兼职工作者

排队买彩票
觉得自己
还能活到开奖那一天

酒井具视·男性·东京都·36岁·公司职员

这个也重要
那个也有用
家里变成垃圾堆

川端和子 · 女性 · 东京都 · 67岁 · 护理员

孙子出来迎接我
开口就问
你从哪里来

真锅美知子·女性·爱媛县·73岁·主妇

嘴上说了无牵挂
结果地震时
跑得比谁都快

广川利雄·男性·千叶县·84岁·无业

难得孙子来做客
打招呼得给
零花钱

上本幸子·女性·大阪府·63岁·兼职工作者

老来身上能养虫
飞蚊眼中飘
蝉声耳中鸣

中村利之·男性·大阪府·67岁·无业

身体不适问病由
诊所医生说
只是上了年纪

松浦宏守·男性·千叶县·83岁·无业

年纪一上来
过去买酒钱
变成买药钱

冈武祐史・男性・滋贺县・72岁・公司职员

饭后百步走

耳朵不好使

活到九十九

听成去喝酒

本田满·男性·大阪府·66岁·无业

又想做义工
又要被照顾
老年人真实状态

合田杉朗・男性・神奈川县・49岁・公司职员

再怎么装年轻
都有人非要给我让座时
就知道自己年纪大了

津村信之·男性·东京都·71岁·无业

耳朵差到
听不见
听力检测的内容

大泽纪惠 · 女性 · 新潟县 · 71岁 · 主妇

买书时
比起内容
更关心字体大小

西村嘉浩·男性·神奈川县·71岁·无业

不用出示身份证
只要看到我的脸
就按老人价打折

赤羽庆正・男性・东京都・71岁・无业

III

终于成立了
老年活动中心里的
青年组

后藤顺·男性·岐阜县·51岁·非营利组织职员

要找的东西
刚找到
转头又忘搁哪儿了

原峻一郎·男性·佐贺县·80岁·无业

我的工作很重要
老伴的唠叨
全附和

筒井俊明・男性・静冈县・38岁・公司职员

老伴啊
你穿的这条内裤
是我的啊

紫牟田健二・男性・福冈县・60岁・无业

同学会吃完饭
下半场变成
药品介绍会

渡边克己 · 男性 · 千叶县 · 75岁 · 无业

计步器挂腰上
总是找不到
能含嘴里就好了

铃木孝周 · 男性 · 东京都 · 67岁 · 兼职工作者

年纪大了才知道什么叫『糊涂的爱』

池田又昭・男性・埼玉县・70岁・无业

好不容易站起来
结果忘了要干吗
只好再坐下

涩谷史惠·女性·宫城县·37岁·无业

气氛紧张怎么办
仔细观察
该装傻时就装傻

池田久留美・女性・茨城县・71岁・主妇

孙子来电话
我和老伴两张脸
使劲都往听筒凑

中久保四郎・男性・广岛县・76岁・农民

蔬菜要吃无农药
自己却是
药罐子

中谷弘吉・男性・大阪府・65岁

老爸打电话
非让对方说慢点
结果是电话录音

土屋美智子·女性·奈良县·58岁·公司职员

不管说了多少次
他们都会告诉你
还真是头一回听说呐

井上荣子·女性·东京都·73岁·主妇

孙子一送走
赶紧和老伴
吃起茶泡饭

村上和义·男性·奈良县·66岁·无业

我说奶奶啊
少看狗两眼
多看我一眼

长野芳成·男性·大阪府·58岁·公司职员

数码相机
是什么新品种的鸡
奶奶问我

长谷川翔子·女性·富山县·83岁·主妇

实在太健忘
啥都记不住
一律说成『这个』和『那个』

柴田纪子·女性·爱知县·51岁·主妇

一声『好久不见』
老友多年再重逢
地点是在殡仪馆

中山邦夫·男性·广岛县·69岁·无业

被人客套说年轻
就是不敢
真把帽子脱下来

大矢伸・男性・兵库县・76岁・无业

掏出几张大钞
只为跟孙子
换块点心吃

伊藤仁美·女性·岩手县·49岁·兼职工作者

跟别人聊天
就像嘴里的上下假牙
根本合不拢

保冈直树·男性·东京都·35岁·公司职员

比起隐私泄漏
我更害怕
小便泄漏

柳田功·男性·东京都·49岁·按摩师

出门像出征
眼镜假牙助听器
一个不能少

新井实·男性·埼玉县·79岁

通过照顾病床上的老伴重拾爱情

西村健二 · 男性 · 三重县 · 31岁 · 社会福利咨询士

IV

平时没事爱唠叨
狗狗听得
最认真

伊藤泽子·女性·爱知县·69岁·主妇

老婆去旅行
我住院
猫猫睡旅馆

大冈裕二·男性·东京都

终于退休了
从今往后再也不用
颠倒黑白

荻原三津夫·男性·群马县·52岁

坐在副驾驶上的老婆
越看越像
以前公司的上司

松川靖・男性・埼玉县・74岁・无业

怀疑自己恋爱了
其实只是
心律不齐

高木真秀·男性·福冈县·75岁·公司职员

真想对
老婆的唠叨抱怨
按下快进键啊

泽登清一郎·男性·山梨县·62岁·个体户

现在做自我介绍
除了兴趣爱好
还得讲讲都有啥病

北川贤二·男性·大阪府·52岁·个体户

我和老伴
把收水电费的人
请进家里喝茶了

木村年代·女性·茨城县·72岁

以前老婆是『妖精』
现在变成
『妖怪』

阿滨 · 男性 · 大阪府 · 68岁 · 无业

心情好复杂
孙子哄开心了
我却上了急救车

荒木大然·男性·神奈川县·27岁·公司职员

想滴眼药水
可我怎么
张开了嘴

深代正·男性·群马县·72岁·无业

好不容易站起来
想干什么全忘了
只能继续傻站着

高桥多美子·女性·北海道·48岁·主妇

老婆发了福
到了要人照顾的那一天
我的好日子就到头了

小早川胜敏·男性·福冈县·66岁·无业

当年让我一见钟情的
老婆的酒窝
已经藏进皱纹里

薄木博夫 · 男性 · 茨城县 · 78岁 · 无业

曾孙太多
名字全都记混了
只好全都叫一遍

山崎千佳子・女性・新潟县・40岁・主妇

看病经验很丰富
医院前台转一圈
医生水平全知道

土方昭光・男性・东京都・76岁・无业

偷偷存了私房钱
结果忘了放在哪儿
最后还得问老婆

冈部美穗·女性·东京都·29岁·公司职员

旅游观光出去玩
比起风景美如画
更加关心上厕所

坂本真理子·女性·埼玉县·59岁·主妇

一个人在家太无聊
电器发出提示音
我竟然对它回了话

森下悦夫·男性·兵库县·73岁·自由职业者

虽然今年七十七
见到恩师
马上变回高中生

古曾部弓·女性·北海道·49岁·兼职打工者

教孙子下象棋
刚刚教了三个月
现在却已赢不了

西森茂夫 · 男性 · 石川县 · 86岁 · 无业

以前约会手牵手
现在只为
扶着走

金山美知子・女性・大阪府・76岁・无业

嘴上说的『前一阵』
实际是指
五十年前

大森千穗·女性·大阪府·43岁·主妇

上了年纪
打个喷嚏
都要赌上性命

近乡元信·男性·东京都·23岁·自由职业人

后记

上了年纪也不坏

“银发川柳”是日本公益社团法人全国养老院协会从2001年开始、每年举办的川柳作品征集活动。本书收录了包括第九届、第十届征集活动的入围作品在内共88首川柳。

日本现在已经进入了平均每四人中就有一名老年人的超高龄社会。虽然“不想变老”“不想成为其他人的负担”等声音不绝于耳，但是也有相当多的老年人比年轻人更有精神、更有干劲。为了给这些老年人一个将自己的烦恼和抱怨畅所欲言的机会，让他们将自己的生活和所思所想更加真实地传达出来，便诞生了这本书。原本，此书准备作为协会20周年的纪念，仅作单次发行，但因为得到的反响远超预期，有无数老年人因本书获得了勇气，所以后续便固定在每年的敬老日[①]发行。

2012年，第十二届“银发川柳”活动中，最年少的参加者6岁，最年长的参加者100岁，投稿数超过11万首。本书

① 每年九月的第三个星期一，日本的传统节日之一。

的作者，从 20 岁到 80 岁，从北海道到九州，跨越了年龄与地域的限制。

有生以来第一次获得奖状

应征作品的评选，以本协会的宣传委员与事务局为中心，经过五轮筛选，最终由加盟本协会的养老院中入住的老年人进行人气投票，选出 20 首作品。

这些作品，都是反映人生与时代的力作。作品既有以健忘、看病等日常身边琐事为主题的，也有以电话诈骗、退休金，以及看护的烦恼为主题的，风格多种多样。2011 年，也有不少与东日本大地震相关的作品投稿。

川柳的魅力在于年龄不同，所感所想也不同。比如那句“老来身上能养虫 / 飞蚊眼中飘 / 蝉声耳中鸣”，有切身体会的老年人更能感受到其中的精妙。而“老爸打电话 / 非让对方说慢点 / 结果是电话录音”，则是在年轻人中比较有人气的作品。

此外，还有一些与作者之间令人难忘的小插曲。我们每年选出入围作品后，都会按照惯例向作者寄奖状。没想到接到不少电话，说：“这是有生以来第一次拿奖状。上学时从没拿过第一名，运动会时也没拿过一等奖。活了这么久，写川柳成了人生里最光荣的事。这张奖状得好好保留，带到棺材里呢。”从听筒里听到作者活力充沛的声音，也让我们鼓足了干劲。

人生之路多崎岖

抗衰老和长寿这样的词语在当今社会随处可见。虽然健康长寿是大多数人的愿望，但是因为家庭结构的变化，子女与长辈一起生活的机会也越来越少。有不少人嘴上喊着“不想变老”，却也带着愉快的心情，潇洒美好地享受晚年。

本书不仅是一本寄语集，还是日本超高龄社会的缩影。通过本书，若能让老年人的家人更加理解他们的生活，也算是幸之所在。

人总会步入夕阳阶段。人生有起有落，道路总是崎岖不平，而有些风景，只有老年人才能看到。在这漫漫人生路上，不如就和本书一起，放轻松一些，缓步感受人生之美吧。在这里介绍一首因故未能收录进本书的第十二届活动入围作品。

“看到偶像已经在 / 庆祝六十大寿 / 就知道自己老了”（二瓶博美 54 岁 男性 福岛县）

最后，向所有为本书提供作品的作者，表达最诚挚的感谢。

日本公益社团法人全国养老院协会

白杨社编辑部